Puedes consultar nuestro catálogo en
www.picarona.net

EL MAGO, EL HADA Y EL POLLO MÁGICO / THE WIZARD, THE FAIRY, AND THE MAGIC CHICKEN
Texto: *Helen Lester*
Ilustraciones: *Lynn Munsinger*

1.ª edición: marzo de 2019

Título original: *The Wizard, the Fairy, and the Magic Chicken*

Traducción: *Verónica Taranilla*
Maquetación: *Montse Martín*
Corrección: *Sara Moreno*

© 1983, Helen Lester
© 1983, Lynn Munsinger
Publicado por acuerdo con Houghton Mifflin Harcourt Pub. Co.
(Reservados todos los derechos)
© 2019, Ediciones Obelisco, S. L.
www.edicionesobelisco.com
(Reservados los derechos para la lengua española)

Edita: Picarona, sello infantil de Ediciones Obelisco, S. L.
Collita, 23-25. Pol. Ind. Molí de la Bastida
08191 Rubí - Barcelona
Tel. 93 309 85 25 - Fax 93 309 85 23
E-mail: picarona@picarona.net

ISBN: 978-84-9145-243-0
Depósito Legal: B-4.952-2019

Printed in Spain

Impreso por SAGRAFIC
Passatge Carsí, 6
08025 - Barcelona

El mago, el hada y el pollo mágico

The Wizard, the Fairy, and the Magic Chicken

Texto: Helen Lester

Ilustraciones: Lynn Munsinger

 Picarona

Érase una vez un mago, un hada y un pollo mágico.
Cada uno pensaba: «Soy el mejor del mundo».
Y cada uno estaba muy celoso de los otros dos.

There once lived a Wizard, a Fairy, and a Magic Chicken.
Each thought, "I am the greatest in the world."
And each was very jealous of the other two.

—MI varita tiene una LUNA —dijo el mago.

"MY wand has a MOON on it," said the Wizard.

—MI varita tiene una ESTRELLA –dijo el hada.
—MI varita tiene un PEPINILLO –dijo el pollo mágico.

"MY wand has a STAR on it," said the Fairy.
"MY wand has a PICKLE on it," said the Magic Chicken.

—*Yo* puedo besar a un cerdo

"*I* can kiss a pig

y transformarlo en una bicicleta –dijo el mago.

and turn it into a bicycle," said the Wizard.

—Eso no es nada –dijo el hada–. *Yo* puedo besar una bicicleta
y transformarla en un plato de sopa.

"That's nothing," said the Fairy. "*I* can kiss a bicycle
and turn it into a bowl of soup."

—*Yo* puedo hacer algo mejor que eso
–dijo el pollo mágico–.
Puedo besar un tazón de sopa
y transformarlo en una rana que canta.

"*I* can do better than that,"
said the Magic Chicken.
"I can kiss a bowl of soup
and turn it into a singing frog."

Cada uno trataba siempre de superar a los demás.

Each one always tried to outdo the others.

—¡Puedo hacer un monstruo
peludo con dientes afilados!
—gritó el mago.

"I can make a hairy
monster with sharp teeth!"
bellowed the Wizard.

—¡*Yo* puedo hacer un monstruo lleno de bultos y con nueve patas!
–chilló el hada.

"*I* can make a bumpy monster with nine legs!"
screeched the Fairy.

—¡*Yo* puedo hacer un monstruo moteado con ojos saltones!
–vociferó el pollo mágico.

"*I* can make a dotted monster with buggy eyes!"
yelled the Magic Chicken.

Los monstruos miraron a los magos y dijeron en voz alta:

— ¡GRRRRRROLF!

The monsters glared at the magicians and loudly said,

"GRRRRRROLPH!"

Por primera vez, los magos estuvieron de acuerdo.

For the very first time the magicians agreed.

—¡SÁLVESE QUIEN PUEDA! –gritaron.

"RUN FOR YOUR LIVES!" they shouted.

—Haré una nube para esconderme detrás –jadeó el mago,
pero eso no detuvo a los monstruos.

"I will make a cloud to hide behind," gasped the Wizard,
but that didn't stop the monsters.

—Crearé un trueno para asustarlos –dijo sin aliento el hada,
pero los monstruos no se asustaron.

"I will make thunder to scare them," puffed the Fairy,
but the monsters were not frightened.

—Haré relámpagos. Eso los ahuyentará
–gritó el pollo mágico, pero no se fueron.
Nada funcionaba.
—Será mejor que… –dijo el mago.
—… probemos algo… –dijo el hada.
—… juntos –dijo el pollo mágico.

"I will make lightning. That will make them go away,"
cried the Magic Chicken, but they would not go away.
Nothing worked.
"We'd better…" said the Wizard.
"… try something…" said the Fairy.
"… together!" said the Magic Chicken.

Así que corearon:
—¡Un, dos, tres, FUERA!
La nube, el trueno y el relámpago cayeron juntos.
Y llovió bruscamente.

So they chanted,
"One, two, three, GO!"
The cloud and the thunder and the lightning came together.
Suddenly it rained.

Llovió tanto y los monstruos se mojaron tanto que se encogieron
hasta quedar convertidos en unos pequeños monstruos
que no asustaban a nadie.

—¡Lo hicimos! –celebraron el mago, el hada y el pollo mágico.

—Debo decir, sin embargo –dijo el mago–, que ha sido mi nube la que ha hecho llover.

—Bueno –dijo el hada–. Eso ha sido cosa de mi trueno.

—Pero no podría haber sucedido sin mi relámpago –dijo el pollo mágico.

It rained so hard and the monsters got so wet that they shrank
until they were only very little monsters and
not scary at all.

"We did it!" cheered the Wizard, the Fairy, and the Magic Chicken.

"I must say, though," said the Wizard, "my cloud made the rain."

"Well," said the Fairy, "it was because of my thunder."

"But not without my lightning," said the Magic Chicken.

Érase una vez un mago, un hada y un pollo mágico.
Discutían mucho, pero, en el fondo, eran muy buenos amigos.

There once lived a Wizard, a Fairy, and a Magic Chicken.
They argued a lot, but deep down they were very good friends.